Para Ella, Kitty y Poppy

Publicado por primera vez en inglés por
HarperCollins Children's Books con el título
GRRRRR!

Texto e ilustraciones: © Rob Biddulph 2015

Traducción: Nàdia Revenga Garcia

Revisión: Tina Vallès
© de esta edición: Andana Editorial

C/ València, 56. 46680 Algemesí (Valencia)

www.andana.net / andana@andana.net

ISBN: 978-84-16394-24-1

Depósito legal: V-3227-2015

Impreso en China

RRRR!

Escrito e ilustrado por

Rob Biddulph

Andana
editorial

En el bosque, desde un tiempo inmemorial,
se celebra cada año un torneo muy especial.

Mejor
Oso del
bosque
COMPETICIÓN

¡MAÑANA!

Desde hace tres años, hay un claro ganador.
Un oso llamado Fred que sin duda es el mejor.

Es el pescador más brillante...

El que mejor hace girar el hula hoop...

Asustando humanos es un fuera de serie...

Pero hay algo por lo que es el más conocido:

Cuando Fred hace GRRRRR,
nadie en el mundo puede igualar su gruñido.

Se pasa el día entrenando,
de sus amigos se aleja.
No tiene tiempo para nadie,
pero tampoco se queja.

AGOSTO

FRED

Este de aquí es Boris, un oso recién llegado.
Participa en la competición para ser coronado.

Es grande, rápido, inteligente y fornido.
Dicen que su GRRRRR es el más ruidoso que jamás ha existido.

Disimulando, disimulando, anda con sigilo.
¿Por qué se esconde si todo está tranquilo?

Sale de la cueva de Fred y, aunque no puede ser,
jurarías que esconde algo bajo su jersey.

Es el día de la competición y parece que hay un pequeño problema:
el pobre Fred se despierta y su GRRRRR ¡no suena!

¡Qué mala suerte! ¡Qué lástima! ¡Está perdido!
Quedan dos horas para la competición y

¡FRED NO ENCUENTRA SU GRUÑIDO!

Mientras tanto, encima de un árbol,
un búho joven, amable y resabido
mira a través de las ramas
a Fred, el oso sin rugido.

Después, ulula y aletea,
salta de la rama y se presenta.
«Hola, me llamo Eugenio,
si quieres, te ayudo con lo que sea.»

Sin saber qué decir ni qué hacer,
Fred sonríe a Eugenio y le susurra...
«¡Vale, ayúdame, a ver!»

Así que...

buscan en el invernadero...

En la caseta del jardín...

Eugenio llama a Hepzibah, que llega enseguida.

«Vengo a echar una mano con la búsqueda, y la ayuda está servida.»

Un ejército de voluntarios vienen al auxilio de nuestro héroe robusto...

Debajo de la cama y dentro de un calcetín…

Dentro del armario, arriba y abajo…

Miran por todos lados, y del gruñido ni rastro.

…Pero ¿cuántos gruñidos encuentran? Cero, ¡qué disgusto!

¡Caramba! Ya es la hora,
va a empezar la competición...
Venga, Fred, muchos ánimos,
ya puedes pasar a la acción.

«¡Buena suerte!», dice Eugenio,
mientras Fred sale apurado.
«No le des más vueltas,
estaremos a tu lado.»

El me

Primero toca pescar, ¡Fred causa sensación!
Mira el marcador ¡y verás subir la puntuación!

Pesca
Fred 279

Es el turno del hula hoop
y Boris no para de girar.
Tiene cinco más que Fredo,
esta prueba la va a ganar.

Hula hoop
Boris 017

Asustando humanos los dos son muy buenos,
dejémoslo en empate que dan mucho miedo.

Asustar humanos
Fred 100

Asustar humanos
Boris 100

Vamos a por el GRRRRR más ruidoso, la última prueba de la competición.
Pero ¿quién va ganando? Ay, está muy reñido, ¡qué emoción!

Primero, es el turno de Boris. Coge aire y...

RRRRR!

Nivel-GRRRRR
Rugidómetro

¡Mira la flecha!
¡Ha llegado al

DIEZ!

Ahora Fred es el centro de atención. Coge aire,
abre la boca y confía en que todo salga bien...

Es un caso extraordinario, ¡más insólito de lo que pensará alguno! Fred perdió su GRRRRR, y sus ayudantes encontraron el suyo.

El ruido es tan fuerte que causa un gran revuelo.
¡Ahí va! ¡Mirad lo que acaba de caerle a Boris al suelo!

«El GRRRRR de Fred», dice
Eugenio. «¡Cómo te atreves!
Eres un oso muy malo, Boris,
y hacer trampas no debes.»

¡GRRRR!

«Es cierto», dice Boris.
«Echadme la culpa a mí.
Fui a la cueva de Fred,
le robé su gruñido
y después lo escondí.»

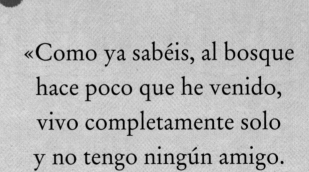

«Como ya sabéis, al bosque
hace poco que he venido,
vivo completamente solo
y no tengo ningún amigo.

Pensaba que si conseguía ganar,
la gente me admiraría,
y alguien querría cenar
conmigo algún día.»

Fred mira a Boris y ¿qué es lo que ve?
Un oso que vive de forma muy similar a él.

Un
oso
solitario,

triste
como el
invierno,

un oso que
en el fondo,
no parece
tan… malo.

«Creo que hemos ganado los dos», dice Fred.
«Me gustaría ser tu amigo. Dime, ¿qué te parecería?»

«¿De verdad?», dice Boris, cuando se pone en pie.
Le da un fuerte abrazo, lleno de alegría.

Y el final de esta historia todos lo recordarán:
Fred su gruñido perdió…

Oooh!

... pero un montón de amigos encontró.